AF300271

LES

TRAPPISTES,

Poème ;

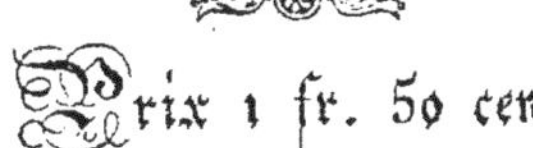
Par J. Cretineau-Joly,

PROFESSEUR DE RHÉTORIQUE AU PETIT-SÉMINAIRE DE
LAROCHEFOUCAULD.

Prix 1 fr. 50 cent.

A Angoulême,

CHEZ
J. Broquisse, Libraire, Imprimeur de M.gr le Dauphin.
H.-B. Aigre, Libraire, près de la Préfecture.
Marrot, Libraire, Cours-d'Artois.

1828

LES

TRAPPISTES.

ANGOULÊME,

DE L'IMPRIMERIE DE J. BROQUISSE, IMPRIMEUR DE M.ᵍʳ LE DAUPHIN.

LES TRAPPISTES,

Poème;

Par J. Cretineau-Joly,

PROFESSEUR DE RHÉTORIQUE AU PETIT-SÉMINAIRE DE
LAROCHEFOUCAULD.

Un saint exil est nécessaire
A ceux qu'avaient séduits les choses d'ici-bas.
Néant et vanité sont les biens de la terre,
Les cherche désormais qui ne les connaît pas.
ALEX. GUIRAUD.

A Angoulême,

CHEZ
J. BROQUISSE, Libraire, Imprimeur de M.gr le Dauphin.
H.-B. AIGRE, Libraire, près de la Préfecture.
MARROT, Libraire, Cours-d'Artois.

1828

Pendant un assez long séjour que l'auteur de ce petit Poème fit à l'abbaye de Bellefontaine, frappé de ces sublimes vertus qui terrassent l'orgueil, et donnent une si haute idée de la dignité du Chrétien, il voulut consacrer quelques vers à ces martyrs de la pénitence, à ces obscurs Religieux qui sont un objet de risée pour des hommes qui ne peuvent pas même apprécier la grandeur d'un pareil sacrifice, et la force d'âme nécessaire pour embrasser une vie si austère. C'est un spectacle bien extraordinaire pour notre siècle que celui de ces Trappistes qui, ne tenant compte ni des nouvelles doctrines, ni des convulsions des peuples, courent se confiner dans la solitude, pour suivre des pratiques que repoussent et le monde et la chair, et qui, persécutés pendant les jours mauvais, comme tout ce qu'il y avait de bon et de grand, ont préféré la folie de la Croix à la sagesse humaine.

Payer un faible tribut d'admiration à ces héros du christianisme était, sans doute, un but assez noble.

Des motifs plus particuliers ont encore inspiré l'Auteur. Il avait eu le malheur de prêter une oreille trop docile à ces sophistes dont les discours sont une gangrène qui répand insensiblement la corruption. Lui-même, dans un coupable délire, avait voulu porter une main sacrilège sur l'Arche sainte, contre laquelle viennent, chaque jour, se briser, avec aussi peu de succès, des efforts plus puissans. Il ne fut pas long-temps à pleurer sa folle témérité. La religion, à la voix d'un vénérable prélat, lui ouvrit encore ses bras. Le repentir entra dans son cœur, et Dieu fit le reste.

Ces chants inspirés par de généreux sacrifices, par des vertus surhumaines sont donc destinés à faire connaître le repentir de l'Auteur. Heureux s'il peut communiquer à ceux qui le liront les sentimens qui l'animent, et si, en célébrant les élus du Seigneur, il peut faire oublier les erreurs de sa jeunesse.

Larochefoucault, le 29 Janvier 1828.

LES

TRAPPISTES.

Dans un calme profond la terre ensevelie
A mis pour un moment un terme à sa folie,
Et déjà de la nuit l'odorante fraîcheur
A doucement couvert les tentes du pêcheur ;
Mille globes errans, des îles de lumière,
Dans un pur Océan parcourant leur carrière,
Semblent sur l'horizon se pencher à demi,
Et veiller, tendres sœurs, sur un frère endormi.
Le silence est partout : de brillantes chimères
Vont flatter des humains les rêves éphémères.
Sous les lambris pompeux des riches, des puissans
Où l'or unit la soie, où fume encor l'encens,
A côté du sommeil la volupté préside,
Et, sous le chaume obscur, où le pauvre réside,
L'infortuné lui-même, heureux pour un moment,
Dans un songe trompeur, voit finir son tourment.

Tout repose, tout dort. Qui donc dans la nature
Paye alors le tribut que chaque créature
Doit au trône de Dieu faire monter sans fin?
Quel mortel, empruntant la voix du Séraphin,
Pour chanter au Seigneur d'immortelles louanges,
Mêlera ses concerts aux concerts des Archanges?
Quelle main de la terre ira jusques au Ciel
Dérober ces trésors et ces rayons de miel
Que la terre brûlante incessamment aspire?
Qui surtout, s'arrachant au calme qu'il respire,
Viendra toutes les nuits, pour les ingrats mortels,
De ses pleurs innocens arroser les autels?
Qui surtout, ô mon Dieu, pour qu'un forfait s'expie,
Viendra solliciter la grâce de l'impie?
Qui peut lorsqu'annoncé par les vents, les éclairs,
Escorté de tes saints, tu descends sur les airs;
Et lorsque ton regard se fixe sur ce monde,
Que ton souffle anima, que ta grâce féconde,
Et vient y recueillir, pour prix de ses bienfaits,
Des malédictions, des vices, des forfaits,
Dieu vengeur, qui peut donc, médiateur propice,
Retenir le coupable au bord du précipice;
Ou qui, plein des transports d'une sainte ferveur,
Te le montre couvert du sang de son Sauveur;
Le porte malgré lui jusque sur le Calvaire,
Et commande à la Croix d'achever le mystère?

Par quels vœux, quels accords sait-il donc te charmer?

Est-ce un ange? est-ce un dieu qui vient te désarmer?

Ou son cœur, avec toi toujours d'intelligence,

Lui dit-il qu'un bon père est lent pour la vengeance?

Je le demande en vain à ce terrestre exil,

Ce demi-dieu mortel, ce juste, où donc est-il?

    Le monde, en souriant à ses jeunes victimes,

Sait parfumer de fleurs le penchant des abîmes.

Pour captiver leurs sens, éveiller leurs désirs,

Il sème devant eux les roses des plaisirs;

Et comme une marâtre, au fils de l'étrangère,

Ne verse qu'à regret l'eau qui le désaltère;

Le monde, s'éloignant de ceux qu'il a séduits,

Les abandonne aux maux par ses vices produits;

Et lorsqu'en souverain dans tous les cœurs il règne,

Corrompus à vingt ans le monde les dédaigne.

Alors perçant la nuit de ton éternité,

Jusqu'à toi, Dieu puissant, la triste humanité

Fait monter ce concert d'insulte, de blasphème,

Qui, contristant le ciel, étonne l'enfer même.

    Est-ce donc parmi ceux qui viennent chaque jour

Maudire les bienfaits d'un paternel amour,

Qu'il faut chercher la voix et les pieuses larmes

Qui de ton bras vengeur vont arracher les armes?

Est-ce chez le mortel qui n'attend rien des cieux?

Le mal est pour la bouche un fruit délicieux.

Irai-je donc troubler en son brillant asile

L'homme qui dans un homme aperçoit un reptile,

Que l'on peut écraser avec impunité ?

Contre les pleurs d'un frère et de la pauvreté,

Dont voudrait s'émouvoir sa pitié naturelle,

L'autre garde son cœur comme une citadelle.

Abreuvé chaque jour d'amertume et de fiel

Le seul plaisir de l'homme est d'outrager le Ciel.

Et mon œil étonné sur ce globe de boue

Voit partout qui t'offense et cherche qui te loue !

A qui donc m'adresser ? Où trouver ici-bas

Ces généreux mortels qui, dans de saints combats,

Vainqueurs de la justice, à force de prière,

Entre l'homme et l'enfer jettent une barrière ?

O toi, qui dans ces cœurs morts à tous les plaisirs,

Jamais ne fis germer que d'innocens désirs ;

Toi qui, dans tous leurs traits as gravé ton image ;

Toi qui comptes leurs maux, leurs soupirs pour hommage ;

Toi que j'ai blasphémé ! Dieu puissant soutiens moi.

J'ose, sous leur égide, élever jusqu'à toi

Ces chants qui, profanant tes sacrés tabernacles,

Ont de l'impiété proclamé les oracles.

Ah ! si le feu divin qui consuma mon cœur

Ne s'était pas éteint dans sa première ardeur ;

Si je pouvais encor, ravi d'un saint délire,

Expier les erreurs qui souillèrent ma lyre ;

Si l'amer repentir, si les cris du remords
Pouvaient les étouffer ces coupables accords,
Rappelant à son but la noble poésie,
J'oserais célébrer cette race choisie
Que la bonté créa pour prier et pleurer.

Au sein d'une retraite où viennent expirer
Le fracas des cités, les derniers bruits du monde,
D'obscurs religieux, dans une paix profonde,
Se nourrissent d'espoir et s'abreuvent d'oubli,
Et dans l'éternité le cœur enseveli,
Méditant de la mort le sublime mystère,
Ils effacent vivans leurs traces sur la terre.
Sous aucun nom mortel ils n'y sont plus connus ;
Des bords de Samarie et d'Israël venus,
Ils reposent en paix à l'aspect de leurs tombes ;
La mort leur sera douce ! et, comme des colombes,
S'échappant des filets qu'a tendus l'oiseleur,
Vont jusqu'au fond des bois oublier leur douleur ;
On les voit tous tremblans de leurs inquiétudes,
Loin d'un monde enchanteur peupler les solitudes ;
Fuir jusqu'aux doux baisers de l'amour maternel,
S'environner partout d'un silence éternel ;
Et sous la main de Dieu, comme une tendre argile,
Se prêter en enfans aux lois de l'Evangile.
Tels que ces premiers saints qui peuplaient le désert,
La faim n'interrompt pas leur sublime concert.

Ils ne vivent qu'en Dieu. Leur sobre nourriture

Ne doit que soutenir la trop faible nature;

De l'ineffable amour, apôtres et martyrs,

Leur frugalité même enchante leurs désirs:

Ces hommes pénitens dévorent l'espérance,

Et sur la foi d'un Dieu savourent la souffrance.

   Parfois un voyageur qu'un instinct curieux,

Ou que la piété conduit dans ces saints lieux,

Va frapper à leur porte et demander un gîte,

Pour le bien accueillir on s'empresse, on s'excite:

On les bénit. Le vin, dont leurs bouches jamais

Ne connaissent ici les généreux bienfaits,

Le vin coule à grands flots. Chaque table se pare

D'un lait pur, et des mets que le cœur seul prépare:

Leur tendre charité prévient jusqu'à vos vœux.

Comme une mère auprès de son fils malheureux,

Ils vous pressent de soins chaque jour, à toute heure;

Et l'homme qui des saints visite la demeure,

A genoux, sur le seuil de l'hospitalité,

Répète en s'éloignant, le cœur tout transporté:

« Que les faveurs du Ciel sur leurs têtes descendent! »

   Eh! qu'ils ont donc besoin de ce Ciel qu'ils attendent!

Ce sol qu'Adam coupable arrosa de ses pleurs,

Cultivé par leurs mains engloutit leurs sueurs.

Un pénible travail vient dessécher leurs bouches,

Et jamais le sommeil ne descend sur leurs couches.

Qui plus qu'eux cependant a besoin de sommeil!

O vertu surhumaine! avant que le soleil,

Géant majestueux, entre dans la carrière,

Qu'il doit bientôt couvrir des flots de sa lumière,

Je les vois, rayonnans d'un plaisir inconnu,

S'élancer dans les champs. Sur leur front pâle et nu

L'austérité des nuits marque en vain son passage,

Une ride précoce en vain sur leur visage

De leur faible travail découvre le secret (1);

Puisque c'est un devoir, c'est pour eux un attrait.

Ils marchent, et leurs bras armés de la faucille

Fait tomber des épis l'innombrable famille;

Et lorsque du soleil les feux trop dévorans

Embrasent la campagne et les bois odorans,

Sous son toit de feuillage, alors le mercenaire

Refuse ces travaux qui doublent son salaire;

Eux, plus prompts que l'éclair, et comme des soldats

Qui bénissent leur roi les guidant aux combats,

Ils volent! Le soleil pour eux n'a point de flamme.

La souffrance est un bien qu'ils connaissent : leur âme

Epurée au creuset des tribulations

A force de vertus vainquit les passions.

Comme on voit les mondains, pour abréger les heures,

Appeler les plaisirs au sein de leurs demeures;

Les poursuivre, chercher avec avidité

La gloire, les honneurs, fruits de la vanité.

Encore plus ardens, ces hommes magnanimes,
Vont s'offrir aux douleurs, bienheureuses victimes.
Ici des voluptés on méconnaît les droits ;
Ici des voluptés meurent les douces voix ;
Ici ces cœurs brûlans, fils de la pénitence,
Souffrent pour désarmer la juste Providence.
L'orgueil, l'esprit humain, ils ont tout confondu ;
Ils invoquaient le Ciel, le Ciel a répondu !

Eh ! combien de faveurs, quelle grâce touchante
Inonde ces mortels que la douleur enchante !
Que de songes heureux, par Dieu même inspirés,
Font palpiter ces cœurs d'espérance enivrés !
Que de fois l'Eternel sur leur tête épuisée,
Se complut à répandre une douce rosée !
Et quand ils demandaient : Seigneur, êtes-vous là ?
Que de fois, dans sa gloire, il leur dit : me voilà !
Divin consolateur, il double leur courage ;
Il veille à leurs côtés. Pour consommer l'ouvrage,
Qu'avec tant d'héroïsme ils avaient entrepris,
Ses anges dans les cieux leur en montrent le prix.
L'amour, la foi du cœur déchirant tous les voiles
Les transporte en esprit au-delà des étoiles.
Alors du firmament s'entr'ouvrent les grandeurs ;
De la gloire éternelle ils comptent les splendeurs ;
Le saint des saints, heureux de tant de sacrifices,
Les enivre à longs traits d'un torrent de délices ;

De toutes ses faveurs il aime à les combler :
Comme celle de l'aigle, il vient renouveler
Leur jeunesse à sa gloire offerte en héritage;
Et descendus des cieux ils souffrent davantage.

O vous qui, malheureux au milieu des plaisirs,
Voyez le temps vengeur émousser vos désirs;
Vous qui, déjà courbés sous le poids des années,
Pleurez de vos printemps les heures profanées;
Vous tous qui, de la foi dédaignant le flambeau,
De douleurs en douleurs marchez vers le tombeau;
Infortunés surtout, qu'au matin de la vie,
A son banquet trompeur la volupté convie,
Et qui, comme un troupeau, loin des yeux du pasteur,
Court se désaltérer au torrent imposteur;
Du Dieu qui protégea, qui guida votre enfance,
Pour des plaisirs d'un jour avez fui l'abondance,
Accourez, accourez sous ce bocage épais
Où règne avec la foi le bonheur : où la paix
De ses plus doux trésors comble la solitude,
Où le cœur dégagé de toute inquiétude
S'élève; et s'emparant de la terre et des cieux
Agrandit l'horizon qui s'étend à ses yeux,
Où l'homme se repose; où l'âme solitaire
Demande avec bonheur l'ombre du sanctuaire.
Je ne sais quoi de saint respire dans ces murs :
Ici les airs sont doux, ici les cieux sont purs.

Ah! vous tous qui, chargés des peines de la vie,
Avez senti les coups du malheur, de l'envie,
Venez, suivez les pas de ces heureux mortels,
Qui, pour trouver l'espoir, embrassent les autels,
Et dites si jamais les voluptés, leurs charmes,
Surent vous arracher d'aussi divines larmes
Que celles qu'aujourd'hui fait couler de vos yeux
Le ravissant spectacle offert aux cœurs pieux!

Aux accords de l'airain, qui dans l'air se balancent,
Vers le temple humblement les voilà qui s'élancent.
Sur la pierre aussitôt tous les fronts prosternés
Baisent avec effroi les parvis consternés.
Avant que de la Croix l'ineffable mystère
Du sang de son Sauveur n'arrose encor la terre,
Ils doivent par leurs vœux expier nos forfaits.
Il faut que du vrai Dieu, célébrant les bienfaits,
Ils accourent pleurer avec le roi prophète,
Et leur chant grave et lent que la voûte répète,
Sur les ailes de l'ange emporté vers les cieux
Rend les célestes chœurs un moment envieux.

Silence, esprit de feu! depuis long-temps l'eau sainte
De leur agreste temple a parfumé l'enceinte;
Et déjà Jésus-Christ vient, sous un pain mortel,
Abandonnant les cieux résider sur l'autel.
A son banquet sacré, quand la foi le convie,
Ce peuple de chrétiens vole chercher la vie.

Ils se présentent tous , ils sont tous accueillis

Et dans leur sainte extase , humblement recueillis,

Conversant avec Dieu , qui se donne lui-même ,

Ils goûtent les douceurs de ce moment suprême.

Plus de cantiques saints , plus de pieux concerts.

Ces anges prosternés, oubliant l'Univers,

Adorent en tremblant l'éternelle puissance

Qui de ses ailes d'or nous voile sa présence.

Et sur la France alors tournant de doux regards (2),

Ceux qui, dans les coursiers, dans les rapides chars,

Ne placèrent jamais un espoir trop frivole,

Se relèvent ; leur chant jusques au Ciel s'envole.

Il va du roi des rois, qui repose en leurs cœurs,

Pour un roi de la terre implorer les faveurs ;

Et morts à la patrie, il semble que leur zèle

N'y tient plus attaché que pour prier sur elle.

Mais à l'heure où du soir l'astre mystérieux

Vient obscurcir la terre et rafraîchir les cieux ;

Lorsque l'homme des champs, en son humble chaumière,

Retrempe sa vigueur et sa force première,

Et lorsque, sous leurs pas, des coursiers bondissans,

Ebranlent les vitraux, les pavés gémissans,

Et font, riches alors d'ardeur et de souplesse,

Voler ces chars brillans où s'endort la mollesse,

Qui peindra de leurs chants la douce majesté

Et ces élans d'un cœur planant en liberté ?

« Souverain créateur de tout ce qui respire,
Maître des élémens, roi de l'éternité,
        Toi qui n'as rien dans ton empire
        D'égal à ta juste bonté. »

« Du cahos à ta voix les mondes s'élancèrent :
Tu parles, le néant t'a compris, il produit.
        Devant toi les cieux s'abaissèrent,
        Ton souffle a dissipé la nuit. »

« Ta main au firmament attache les étoiles.
Dans l'œil du vermisseau tu peignis l'Univers,
        Et pour déchirer tous les voiles,
        Ton soleil brille dans les airs. »

« Tu soulèves les flots, fécondes les campagnes,
A tes yeux tout est grand : tu ne fis rien en vain.
        Le Dieu qui créa les montagnes
        Fait le nuage du matin. »

« A ton nom, sur les vents, la foudre rend hommage.
Les animaux tremblans te bénissent; et l'eau
Caressante à ta voix vient dormir au rivage,
        Comme un enfant dans son berceau. »

« Mais, pour te contempler dans ta toute puissance,
Pour chanter les bienfaits qui tombent de ta main,
Il faut de la nature animer le silence ;
Il faut un roi, tu dis ; que l'homme naisse enfin. »

« Et l'homme, tout-à-coup, enfant d'une pensée,

Etre mystérieux, monarque d'un moment,

Qui règne, souffre, meurt, et dont l'àme oppressée

Dévore tour-à-tour la joie ou le tourment. »

« L'homme de son néant vient briser l'esclavage.

Premier né de la mort, aux milieu des douleurs,

Il accourt à son Dieu présenter son hommage;

Il parle de plaisir; voyez couler ses pleurs! »

« Le voilà qui revêt sa brillante jeunesse !

Un pied dans le tombeau, mais le cœur dans le Ciel,

Son Créateur l'entend adorer sa sagesse,

Et le voit de ses mains lui dresser un autel. »

Mais fatigué de sa constance,

Bientôt il oublia tes lois.

En vain, Seigneur, de ta puissance

Tu voulus élever la voix.

Prêtant l'oreille à l'imposture

Des voluptés, de la nature,

Il épuise chaque douceur,

Il se dégrade; et son audace,

Sur ton nom, que sa main efface,

Inscrit l'idole de son cœur.

L'homme nia ta providence;

Il met le comble à ses forfaits.

Ta mystérieuse abondance

Veut le punir par des bienfaits.

Pour ces plaisirs dont tu le sèvres

Tu fais descendre sur ses lèvres

Un parfum plus délicieux;

Devant toi tu chasses les vices,

Et le soleil de tes justices

Vient enfin dessiller ses yeux.

Il est né l'espoir de la terre!

Il est né ce Christ éternel!

Dans les flancs d'une vierge mère

Il fuit le trône paternel:

Au sein d'une obscure indigence

Avec toi seul d'intelligence,

Lui-même obéit à ses lois.

Mystère d'amour ineffable!

Son berceau n'était qu'une étable,

Son lit de mort est une Croix!

Par les plus étonnans miracles

Il manifeste son pouvoir.

Le sourd entend tous ses oracles,

L'aveugle est surpris de le voir.

Il commande : la mort s'anime;

Le sépulcre rend sa victime;

L'homme adore son bras puissant;
Et, consommant le sacrifice,
Il vient, libérateur propice,
Le couvrir encor de son sang.

Sina qui te vit dans ta gloire,
Et qu'embrasa ton pied divin,
A cette immortelle victoire
Dit que ton serment n'est pas vain.
Pour pleurer ton fils, ta victime,
Les cèdres inclinent leur cime;
Le Jourdain s'attendrit sur lui;
Les cieux tremblent, les mers frémissent,
Et sur les peuples qui gémissent
L'aurore de la paix a lui.

« Oh! qu'ils sont beaux ses pieds que la Croix accompagne.
Quel est-il ce mortel qui court sur la montagne
Offrir le pain de vie à tout peuple affamé?
Quel est-il ce héros qui d'amour consumé,
    Pour conquérir un cœur, s'avance
Au-devant des tyrans qu'il saura défier,
Qui, lorsque les lions viennent rugir d'avance,
    Apaise leur rage où s'élance
Sous la dent qui va le broyer?»

« Douze hommes, que le Ciel de ses grâces inonde,
Se partagent entr'eux la conquête du monde.
Nouveaux triomphateurs, une croix à la main,
    Des terres jusque-là maudites,
Des mondes étonnés ils touchent les limites.
Le doigt du Tout-Puissant a tracé leur chemin.
D'un peuple de Chrétiens leur sang est la semence,
Et Pierre ose planter l'étendard de clémence
    Sur le capitole romain. »

« L'apôtre se présente aux pieds du sanctuaire.
Il parle, il parle encor! l'autel est écrasé :
Ses trois cents mille dieux roulent dans la poussière ;
Son pied frappe le temple, et le temple est brisé ! »

« Et Jésus-Christ vainqueur féconde cet empire
Qui bravera l'enfer, et l'homme et son délire,
Et qui, beau de sa gloire, en traversant les temps,
Recueille dans son sein d'innombrables enfans. »

« O Rome, ô cité sainte, ô commune patrie !
Tu fleuris comme un lys dans le riant vallon ;
Tu pares de bonheur la terre qui te prie,
Et l'Univers chrétien s'honore de ton nom! »

    « Au char sanglant de la victoire
    Les rois ne sont plus enchaînés ;

Leurs enfans ne vont plus, dans la poudre traînés,

Au pied du capitole humilier leur gloire,

Et baigner de leurs pleurs ses parvis étonnés. »

« La paix habite son enceinte.

Son temple est un asile ouvert

Où l'âme repose sans crainte,

Près du Carmel et du désert ;

Il possède un père qui l'aime

Comme un berger aime un troupeau :

La Justice est son diadème

Et la Charité son manteau. »

L'hymne cesse : soudain un autre recommence.

Ils pleurent des mortels la fatale démence ;

Et lorsque se tournant vers l'étoile des mers (3),

Ils viennent saluer la Vierge, leurs concerts,

Doux comme le soupir de la brebis perdue,

Empruntent une voix qui semble être entendue.

Une autre mélodie, un chant plus gracieux

Célèbre les bienfaits de la reine des cieux :

L'on dirait qu'enhardis par ce doux nom de femme,

Ils vont plus librement déposer dans son âme

Des secrets qu'au Seigneur ils n'osent découvrir,

Des peines qu'elle seule a pu jadis guérir.

A ces nouveaux accens, que le cœur seul profère,

Ah ! l'on voit aussitôt qu'ils parlent à leur mère.

Les voilà donc, ô dieu, ces fortunés humains,

Qui de l'impiété conquirent les dédains !

Le monde les méprise ou bien il les ignore.

Mais le Ciel les connaît, mais le Ciel les honore ;

Ils ne cherchaient ici que la grâce et l'oubli.

De leur ambition voilà le vœu rempli !

Mais si le voile épais qui cache leurs pensées,

Se soulevant un jour, de leurs gloires passées,

Des vertus, des talens découvrait la splendeur,

Peut-être verrait-on ce monde plein d'ardeur,

Qui poursuit de ses cris des hommes sans défense,

Par l'adulation expier son offense ?

Sous cet habit grossier qu'ennoblit la vertu,

Oui, le cœur d'un grand homme a peut-être battu.

Peut-être, déplorant l'abus de son génie,

Et t'offrant sans pitié sa force rajeunie,

Quelque nouvel Orphée, au fond de ces déserts,

Vient-il cacher sa gloire et finir ses concerts ?

Au matin de leurs jours, hélas ! combien peut-être

Ont fui le doux aspect du toit qui les vit naître !

Et comme un criminel, dans l'ombre de la nuit,

Cherche à se dérober à l'œil qui le poursuit,

Combien laissent pour toi les richesses d'un père,

Sans même, sur leur sein, presser leur tendre mère !

Peut-être dans ces yeux, et sur ces traits flétris,

Jadis la volupté reposa son souris.

Dans la retraite, hélas! que tu rendis plus sainte (4),

Combien des passions éprouvèrent l'atteinte,

Et comme toi, Rancé, détrompé par la mort,

Rachètent leurs plaisirs par l'éternel remord!

Peut-être que l'amour.... en parler est un crime.

Je ne veux point, ô Dieu, de ce temple sublime,

Par de profanes chants troubler la sainteté!

Mais quel que soit le but de leur austérité,

Il doit être bien grand le céleste courage

Qui vient à l'Eternel rendre un pareil hommage!

Dans ces hommes courbés sous le poids de leurs maux,

Qui ne voit pas des saints, doit y voir des héros!

« Vains discours! s'écrira la tourbe des impies,

» Ces héros des anciens sont les pâles copies;

» Les anciens avant eux, à force de mépris,

» Imposèrent silence au vulgaire surpris.

» La superbe Corinthe et la frivole Athène

» Honorèrent jadis le nom de Diogène.

» Epictecte, accablé sous le poids de ses fers,

» Ne déplore jamais les maux qu'il a soufferts.

» Eh! que font-ils de plus ces obscurs fanatiques,

» Qui nourris au désert de rêves fantastiques,

» Meurent à la patrie, afin de s'asservir,

» Et la privent d'un bras qui pouvait la servir?

» Que font-ils ces héros, dont la longue agonie,

» Insulte à chaque instant la clémence infinie,

» Ou qui, traînant l'orgueil jusqu'aux pieds de leur Dieu,

» Ne disent pas au monde un éternel adieu ? »

Ce qu'ils font, malheureux ? ils vous donnent l'exemple.

Leurs pleurs versés pour vous baignent le seuil du temple ;

Et lorsque la patrie, en proie à vos fureurs,

Est prête à succomber victime des erreurs,

Au lieu de fomenter la discorde intestine,

Ils savent, par leurs vœux, conjurer sa ruine ;

Au lieu de s'enrichir en trompant les humains,

Ils nourrissent tous ceux qu'ont dépouillés vos mains.

Ils le font en secret ! Vos sages de la Grèce

A cacher leurs vertus mettaient-ils tant d'adresse ?

Dans le fond des déserts, en face d'un cercueil,

Est-ce là, répondez, que peut naître l'orgueil ?

Placez-y Diogène, ôtez-lui l'espérance

De voir un peuple entier célébrer sa souffrance ;

Ne l'applaudissez plus, et vous verrez combien

Diffère d'un sophiste un humble et vrai chrétien !

Tous ces saints, ces héros qu'outragent vos murmures,

Ont-ils souvent brigué vos louanges impures ?

Ils les rejetteraient. Dévoués à souffrir,

Ils n'aiment que l'opprobre ; ils vont le conquérir.

Mais quand des jours mauvais sonne l'heure dernière,

Quand ton ange, ô mon Dieu ! va fermer leur paupière,

Sur la cendre où leur cœur attend l'éternité,

Ils viennent saluer leur immortalité ;

Et soldats inconnus de la sainte milice,

De leurs derniers regards mesurant cette lice,

Qu'avec tant de courage ils surent parcourir,

Ils meurent pour apprendre aux mortels à mourir.

Ici point de sanglots : un concert ineffable

Adoucit les horreurs de l'instant formidable.

D'une voix qui résonne entre des ossemens,

Ils chantent de la mort les saints ravissemens ;

Et penché sur la cendre où le Chrétien expire,

Puisant dans ses regards la force qui l'inspire,

Chaque frère qui l'aime, et ne le connaît pas,

Contemple ce modèle et bénit son trépas.

L'huile sainte a touché les pieds du solitaire ;

Et des austérités, victime volontaire,

Au lieu de s'effrayer à l'aspect du cercueil,

En triomphe on le voit changer ce jour de deuil.

« Je te bénis, ô mort ! libérateur prospère,

» Dit-il en souriant : un fils rejoint son père.

» Dégagé des liens qui m'attachaient ici,

» Je respire la vie, et mon front adouci

» Se pare de tes fleurs comme pour une fête.

» O mort, terrible mort, où donc est ta conquête ?

» Mais expirer si jeune, inconnu voyageur !

» Pourtant on ne voit pas l'avide vendangeur

» Cueillir avant le temps la grappe nourrissante,

» Et l'épi balancé sur sa tige naissante,

» S'élève, et ne craint pas la faux du moissonneur.

» Loin de moi ces pensers! bénissons le Seigneur!

» Comme un fleuve qu'il sèche, il a tari ma vie;

» Mes frères, mes amis, vous me portez envie;

» Suivez-moi de vos vœux jusqu'au fond du tombeau,

» L'amour y fait briller son céleste flambeau.

» Eh! que faire ici-bas d'une vie éphémère?

» J'ai médité la mort, la mort n'est point amère.

» Un jour de plus dévore un siècle de bonheur.

» Chantez ma délivrance, inspirez mon ardeur;

» Ne vous appuyez point sur l'homme et sa tendresse,

» C'est un faible roseau qui se brise, et délaisse

» La main du malheureux qui s'en fit un appui.

» Mes frères, notre Dieu me réclame aujourd'hui.

» Ah! pour monter au Ciel, dans sa force chrétienne,

» L'âme n'a pas besoin que la chair la soutienne! »

    C'est ainsi, Dieu puissant, qu'aux portes du trépas,

Ils goûtent le bonheur et te tendent les bras.

Dans les splendeurs des saints, avant de les admettre,

Tu prodigues les biens que tu savais promettre.

Heureux de leurs douleurs, nourris du pain des forts,
Leurs esprits jusqu'à toi s'exhalent sans efforts;

Ils célèbrent encor ta dernière victoire,

Et leur vie et leur mort est un hymne à ta gloire!

    Bellefontaine, le 4 Août 1827.

NOTES.

(1) *De leur faible travail découvre le secret;*

Courbés sous le poids des jeûnes et des macérations, nés, pour la plupart, dans le sein de l'opulence, les Trappistes, malgré le travail le plus assidu, ne font tout au plus que le tiers de l'ouvrage d'un mercenaire, et cependant, à force de patience, ils sont parvenus à défricher des landes jusqu'alors incultes; et Dieu bénit la semence que confie à la terre l'homme qui n'a besoin de rien, et qui n'espère des moissons que pour augmenter le patrimoine des indigens. C'est un spectacle bien étonnant que de voir des hommes jadis puissans, soit par leur génie, par leur naissance ou leurs richesses, couverts d'une longue robe blanche, la tête nue, et les pieds chargés de sabots informes, s'avancer deux à deux en récitant le *Miserere*, exposer leurs fronts découverts à l'ardeur d'un soleil brûlant, et s'abaisser vers la terre pour y recueillir dans la joie du Seigneur ce qu'ils ont ensemencé dans les larmes.

(2) *Et sur la France alors tournant de doux regards.*

Après la Communion à laquelle tous les Trappistes participent, ils restent tous un quart-d'heure anéantis dans leur bonheur; et pleins encore des joies ineffables dont le

Seigneur les comble, ils se relèvent. Alors, il est beau de voir ces hommes se rappeler qu'ils sont Français, et adresser à l'Eternel la plus fervente prière pour le Roi qui les protège. Ils ne connaissent peut-être pas les agitations de la société; ils n'entrent point dans le détail de nos misérables passions politiques; ils sont Français, et le *Domine salvum fac regem* vient se placer aussi naturellement sur leurs lèvres, que le nom du Dieu pour lequel ils ont tout abandonné. Aimer les Bourbons, prier pour leur Roi, est un devoir qu'ils aiment à remplir.

(5) Et lorsque se tournant vers l'étoile des mers.

Les Trappistes ont une vénération particulière pour la Sainte-Vierge; et le soir, après complies, ils adressent à cette Reine puissante et clémente la belle prière que l'Eglise lui a consacrée. Le *Salve, regina,* de tous les chants que j'ai entendus à Bellefontaine, est, sans contredit, celui qui m'a le plus profondément ému. On admire ces voix uniformes qui, s'élançant jusqu'aux voûtes pour porter leurs hommages à Marie, se taisent un moment comme pour attendre une réponse, et qui, reprenant une nouvelle force, semblent vouloir faire une sainte violence aux habitans des cieux. Il y a quelque chose de si suave dans la gravité, dans la lenteur cadencée de cette prière, que j'ai vu des hommes, pour le moins incrédules, verser des larmes abondantes en l'écoutant, et vaincus par sa sublimité, proclamer un moment

que la Religion seule pouvait procurer une semblable émo-
tion.

(4) Dans la retraite, hélas ! que tu rendis plus sainte.

Armand-Jean le Bouthillier de Rancé, né à Paris, en
1626, était neveu de Chavini, surintendant des finances. À
l'âge de 15 ans, il publia une nouvelle édition des Odes
d'Anacréon. Destiné à l'état ecclésiastique, il fut nommé
chanoine de Paris, et, quelques années après, reçu docteur
de Sorbonne. Cet homme qui devait donner un jour d'aussi
beaux exemples d'austérité, à son entrée dans le monde, se
livra avec fureur à ses passions. L'on eut dit qu'il voulait
épuiser toutes les voluptés pour savourer avec plus de
charmes les pénitences qui l'attendaient dans la solitude;
mais le Ciel qui a des vues de miséricorde sur son cœur,
arrête le cours de ses débordemens : une mort subite enlève
la duchesse de Montbazon. De Rancé qui arrivait de voyage,
monte chez elle par un escalier dérobé, et voit une tête
séparée du corps, parce que le cercueil de plomb, préparé
pour la duchesse, se trouvait trop petit. Cet épouvantable
spectacle frappe une âme aussi sensible. L'homme du monde
disparaît, et le Trappiste court au désert pleurer les égare-
mens de sa vie. Dans les Thébaïdes, que ce nouveau Paul
élève à la pénitence, continuellement occupé au travail des
mains, à la prière et aux plus austères pratiques, de Rancé
fit renaître les beaux jours du christianisme; il interdit à

ses religieux les amusemens les plus permis; l'étude leur fut défendue; et après mille traverses, que surmontèrent son courage et sa piété, il couronna une sainte vie par une plus sainte mort. Il expira couché sur la cendre et sur la paille, le 26 octobre 1700, en présence de toute sa Communauté. L'abbé de Rancé possédait de grandes qualités, un zèle ardent, une piété éclairée, et une admirable facilité pour s'énoncer et pour écrire. Il fut l'ami de Bossuet qui le consultait souvent, et en supposant que ce noble réformateur de la Trappe ait besoin d'éloges ou d'apologie, cette amitié constante dont l'honora le plus grand de nos orateurs et l'un des plus saints évêques de France, doit fermer la bouche à ses panégyristes comme à ses détracteurs.

Rome Chrétienne.

Rome, depuis long-temps veuve des grands Césars,
Et dans l'obscurité plongeant ses étendards,
Sur les débris fumans du Capitole en cendre,
Des barbares du Nord, qui venaient la surprendre,
Avait béni le joug et caressé les fers.
Cette Rome, autrefois reine de l'Univers,
Dont le superbe orgueil et la gloire prospère
Envoyait ses consuls commander à la terre,
Précipitée enfin du faîte des grandeurs,
Dans une solitude avait caché ses pleurs.

    Lasse de triompher par les armes humaines,
Elle veut à la terre imposer d'autres chaînes,
Et du monde idolâtre abattant les autels,
Fonder sur leurs débris des succès éternels.
Du fond des souterrains, plaintive, désolée,
Une Religion de malheurs accablée,
Préludait à sa gloire en marchant à la mort.
Le sang de ses martyrs la fécondait : d'abord
Comme une jeune vigne, à peine à sa naissance,
Sous l'arbre protecteur qui cache son enfance,

Se dérobe et grandit : ses rejetons nouveaux

Etendent promptement ses flexibles rameaux ;

Ils surpassent déjà les chênes des campagnes,

Et son ombre bientôt couvrira les montagnes.

Ainsi, faible en naissant, dans la belle Sion,

Fille auguste du Ciel, sainte Religion,

Tu nais pour consoler les peuples qui gémissent.

Le Calvaire t'enfante, et les pleurs te nourrissent.

Comme une jeune mère, auprès d'un premier-né,

Se réjouit de voir son amour couronné,

Ainsi, sur le Carmel préparant ta victoire,

On te vit préluder à ta future gloire.

Le Jourdain, le premier, recueille tes douleurs;

Il entend le premier tes chants triomphateurs.

Le Tibre enorgueilli de commander au monde,

De ton sang, de tes pleurs, grossit long-temps son onde ;

Sous la dent des lions, à la voix des Césars,

Tu ne courbas jamais tes sacrés étendards.

Ils croyaient triompher de toi comme du monde.

La mort est ta victoire, et la mort te féconde.

Sous le fer des bourreaux tu renais pour mourir,

Tu braves les tourmens, c'est pour nous conquérir.

Semblable au Chérubin qui couvre de ses ailes,

Le tabernacle saint, où les peuples fidèles

Courent chercher l'espoir et nourrir leurs vertus,

Ta Croix vient protéger les Chrétiens combattus.

Mais bientôt triomphant de l'erreur écrasée

Jéhova n'est pour toi qu'une douce rosée ;

Il fait multiplier tes rejetons nouveaux.

Comme un cèdre superbe étendant ses rameaux,

Tu parais : l'Univers assis sous ton ombrage,

Ne sait que te bénir et détester sa rage ;

Mère des orphelins, belle de ta beauté,

Le désert s'est paré de ta fécondité ;

Et ces rois, dont le char plus prompt que la tempête,

Parcourait l'Univers pour écraser ta tête,

Dont le cœur toujours prêt à craindre, à s'embraser

Etait comme une mer qu'on ne peut apaiser,

Les voici ! Dépouillés de leurs cœurs, de leurs armes,

Ils viennent humblement arroser de leurs larmes

Les cendres des martyrs, les divins ossemens,

Que naguère ils avaient accablés de tourmens.

Les Césars sont chrétiens ! L'aigle victorieuse,

A l'aspect de la Croix, de la Croix glorieuse,

S'incline ; ses bourreaux deviennent ses enfans,

Et le Christ raffermit leurs trônes chancelans.

La Croix a remplacé les aigles conquérantes.

Un pontife, un vieillard, sans armes apparentes,

De vierges et d'enfans, de prêtres entouré,

Protégé par le Ciel, et toujours inspiré,

Du fond du Vatican seul étend ses conquêtes,

Sous sa main qui bénit, des plus superbes têtes

L'orgueil s'est abaissé : sa force est la douceur;

L'équité, son manteau ; son juge, le Sauveur;

L'humilité, sa loi ; ses armes, la prière ;

Et son sceptre invisible est le bois du Calvaire !

De quels divins honneurs il est entouré !

D'un diadème heureux son front est couronné ;

Et ce prêtre accusé d'inspirer l'ignorance ,

Conserve des beaux arts la dernière espérance.

Au fer de la conquête il dispute long-temps

Ces palais, ces héros , ces marbres éclatans,

Que sapaient, mutilaient des mains encor sauvages.

Ce prêtre , en cheveux blancs, arrête ces ravages.

Sa bienfaisante main féconde les déserts;

Et dans la longue enfance où croupit l'Univers,

Jetant, comme au hasard , quelques traits de lumière,

Il vient interroger une froide poussière;

Et des arts ignorés embrassant le tombeau,

Il veut sur l'Univers promener leur flambeau.

Le temple où tous les arts prodiguant leur génie,

Ressuscitaient la Grèce au fond de l'Ausonie;

Où Michel-Ange osa, sous les yeux de Léon,

Suspendre dans les airs l'antique Panthéon;

Où , rivaux glorieux, les successeurs de Pierre,

Eternisaient leurs noms en plaçant une pierre,

Ce temple du génie , immortel monument,

Qui paraît sur sa Croix porter le firmament ,

Il s'élève à leurs yeux. Sous sa vaste rotonde,

Le Christ avec plaisir règne sur tout le monde,

Et la terre étonnée, admirant sa grandeur,

Du céleste séjour reconnaît la splendeur.

Près de ces murs sacrés, un palais magnifique

Aux arts persécutés offre un port pacifique :

L'ombre de cette Croix que Dieu lègue à ses fils,

Protège les débris d'Athènes, de Memphis,

Et les siècles passés retrouvant leurs merveilles,

Semblent pour l'embellir avoir donné leurs veilles.

Le Vatican triomphe au milieu des héros,

Que créa Phidias des marbres de Paros :

Jupiter, Apollon, vaincus par l'Evangile,

Des grands prêtres du Christ implorent un asile.

Tous les dieux des Païens, tombés de leur autel,

Trouvent dans ce palais un Olympe immortel ;

Et la Religion, debout sur des ruines,

Fait retentir sa voix aux murs des sept collines ;

Et sa Croix couronnant le chaume et les palais,

Place à côté des arts le bonheur et la paix.

 L'Homme.

Homme si fier de ton génie,
Homme enivré d'un fol orgueil,
Qui n'apparais dans cette vie
Que pour mendier un cercueil,
Dis? est-ce toi qui de la terre
As posé la pierre angulaire,
Lorsque les astres du matin,
Lorsque les chœurs sacrés des anges
Immortalisaient les louanges
Du Dieu qui te tient sous sa main.

Peux-tu tracer à la lumière
Un chemin, d'immuables lois?
Et le soleil, dans sa carrière,
Sait-il s'arrêter à ta voix?
Pour briser les superbes têtes,
Ordonnes-tu que les tempêtes
Grondent sur un front endurci?
Et si tu disais au tonnerre,
Va! consumerait-il la terre,
En te répondant : me voici !

Peux-tu suspendre les étoiles
Comme un pavillon dans les cieux ?
Couvres-tu la nuit de ses voiles,
L'aurore de ses plus doux feux ?
Porté sur l'aile des nuages,
Viens-tu recevoir les hommages
Des oiseaux bénissant ta loi ?
Et l'aigle, dédaignant la plaine,
Vole-t-il au Ciel, son domaine,
Pour saluer son nouveau Roi ?

Non, ce n'est pas toi qui commandes
Aux cieux, à la mer, aux autans ;
Ce n'est pas toi que nos offrandes
Vont apaiser dans tous les temps.
C'est ce Dieu dont la main puissante
Fait vivre, anéantit, enfante
Ceux qui paraissent ici-bas.
Sous lui les aquilons volèrent
Et les montagnes s'abaissèrent
Lorsque l'homme n'existait pas.

Et qu'es-tu donc ? Un vil atôme
Perdu dans cette immensité,
Un être d'un jour, un fantôme
Qui brigue l'immortalité.
Le malheur est ton héritage.
Et ce monstrueux assemblage
D'orgueil, de vices, de néant,
Tourne aussitôt contre lui-même
Les vertus qu'un maître suprême
Lui prodiguait en le créant.

L'homme conçu dans la misère,
Enfanté dans l'iniquité,
En sortant du sein de sa mère,
Déplore son humanité.
Il vit peu : sa plainte importune
Ne peut arrêter l'infortune
Qui le couronne à son berceau,
Et, comme un nuage qui passe,
Il ne laissera qu'une trace
Et qu'un souvenir..... un tombeau !

Comme ceux qui le précédèrent,
Et comme eux, mortel opprimé,
Des malheurs qui les dévorèrent
Son cœur, hélas! est consumé.
Il caresse un moment ses chaînes.
Bientôt fatigué de ses peines
Il court pour se faire oublier;
Et ce roi que la mort couronne,
Tombe, comme tombe en automne,
La feuille morte du figuier.

Tel que, sur des mers inconnues,
Un nautonnier audacieux
Contemple avec plaisir des nues,
Des soleils nouveaux à ses yeux ;
Porté sur le sein de l'abîme,
Oubliant qu'il sera victime
Des flots que laboure son bord,
Il laisse égarer sa boussole;
L'espérance encor le console,
Mais il ne verra plus le port.

Ainsi, l'homme dans son jeune âge,
Tourmenté de mille désirs,
Se plonge, en bravant le naufrage,
Dans l'océan des vains plaisirs;
Ou brûlant d'une docte ivresse,
On le voit jusqu'à la vieillesse
Se consumer et se flétrir,
Des morts interroger la cendre,
Pour avoir la gloire d'apprendre....
D'apprendre.... qu'il faudra mourir.

Et voilà donc cette science
Qui nous enfle tant ici-bas!
Voilà la belle récompense
De nos travaux, de nos combats!
Vieux témoin de notre misère,
Le soleil toujours nous éclaire;
Son globe est toujours enflammé.
Autour de Dieu les astres roulent;
Il sait pourquoi les eaux s'écoulent;
Pour nous, c'est un livre fermé!

Vole, créature insensée,
Limon pétri dans la douleur,
Vole au séjour de la pensée
Pour détrôner ton Créateur.
Va, comme l'aigle téméraire,
Élever jusqu'au Ciel ton aire;
Fils de l'homme, je t'y suivrai!
Et si, déchirant tous les voiles,
Tu t'élances jusqu'aux étoiles,
Moi seul, je t'en arracherai!

Et comme ces prêtres du crime
Qui sur les autels de leurs Dieux,
Enchaînant l'humaine victime
Qui doit fléchir, calmer les cieux,
Ne contemplent qu'avec ivresse
Ce sein qui bondit et s'abaisse
Sous leur homicide poignard ;
Ainsi, t'étendant sur l'arène,
Je ferai de toi mon domaine,
Je plongerai dans ton regard.

Semblable au palmier solitaire,
Dont les pieds, enfans des déserts,
Se dessèchent dans la poussière
Comme ses rameaux dans les airs,
Ainsi disparaît ta mémoire ;
Ainsi s'évanouit ta gloire,
Tous tes vains songes de grandeur ;
Et, comme un pauvre mercenaire,
Tu viens demander ton salaire
A ceux dont tu fis le malheur.

NOTRE-DAME

De Lorette.

Dans l'univers chrétien une pieuse histoire,
Que l'on peut rejeter, qu'il est plus beau de croire,
Raconte que jadis, des bords de Nazareth,
Une sainte chaumière, où la Vierge vivait,
S'élançant tout-à-coup vers la voûte éthérée,
Chercha pour se fixer une terre sacrée.
Sur leurs ailes de feu, les Séraphins tremblans,
Lui firent traverser les flots applaudissans,
Et les cieux étonnés, célébrant ses louanges,
Unirent leurs accords à la voix des Archanges.
La terre tressallit; et Lorette à genoux,
Recevant en ses murs un trésor aussi doux,
Assembla l'Univers autour du tabernacle :
L'homme n'invente point un semblable miracle !
  Le Tout-Puissant assis, roi de l'éternité,
D'un prodige immortel pare la vérité,
Sans fondemens humains, dans les airs suspendue,
La céleste maison s'offre encore à la vue.
L'on dirait que, ravis d'un triomple si beau,
Tous les saints prosternés portent l'heureux fardeau,
Ou que du haut des cieux une main tutélaire
Semble la soutenir pour confondre la terre.

La Foi parle : déjà de pieux pélerins,
Guidés par leur amour, bordent tous les chemins.
Ils assiègent déjà de leurs vœux, de leurs larmes,
Celle qui tant de fois à calmé leurs alarmes.
Ils exposent les maux dont ils sont accablés :
Ils invoquent la Vierge; on les voit consolés,
Retournant tout-à-coup dans leur chère patrie,
Répéter aux échos le doux nom de Marie,
Et bénir à l'envi ces prodiges heureux,
Car le Ciel a parlé, puisqu'il comble leurs vœux.

Des siècles écoulés les dévotes offrandes,
L'or pénitent, le marbre et les riches guirlandes,
Font sans cesse gémir, sous leurs poids précieux,
Les lambris consacrés à la Reine des cieux.
Une foule éternelle entoure ces portiques;
Des hymnes de bonheur, et d'augustes cantiques
Retentissent : le Ciel semble être descendu
Sur la montagne où l'homme est toujours entendu.

Plein d'un fervent respect, je suivais les fidèles,
Qui viennent de Marie aux fêtes solennelles,
Entourer les autels et chanter les bienfaits.
J'invoquais ce doux nom qu'on n'invoque jamais,
Sans que le Ciel, jaloux d'exaucer la prière,
Ne révèle aussitôt le cœur de notre mère.
Sur le marbre, où déjà la tendre piété
A marqué son passage et son humilité,
Humblement prosterné, je baisais la poussière
Qui tombe chaque jour de l'auguste chaumière.
Je pleurais sur moi-même, et, pélerin obscur,
Demandant à Marie un cœur droit, un cœur pur,
J'espérais, confiant en sa toute puissance,
Trouver dans mes remords la seconde innocence!

Lorsque , de tous côtés, des accords ravissans
Montent vers l'Eternel, comme un céleste encens;
Lorsque des bienheureux les flottantes bannières;
Recueillent tout-à-tour les vœux et les prières,
Et quand des vases d'or mollement balancés,
Font respirer partout aux Chrétiens exaucés, .
L'enivrante vapeur des parfums d'Arabie,
La voûte retentit d'une douce harmonie,
Et sur des harpes d'or les brûlans Chérubins
Accompagnent au Ciel ces cantiques divins.

« Tendre Marie, étoile radieuse,
Pour nous guider tu brilles devant nous.
Fleur du Carmel, rose mystérieuse,
Beau lys des champs, que tes parfums sont doux !»

« Je vois ton trône au-dessus des nuages.
L'astre du jour forme ton vêtement;
Les cieux ravis suspendent leurs orages,
Et ta bonté pare le firmament. »

« A l'implorer, qui ne trouve des charmes!
Loin des mortels tu bannis les fléaux;
Du repentir ta main sèche les larmes,
Et ton nom seul adoucit tous les maux. »

« Le roi des cieux agréa notre zèle ,
Et pour veiller sur des enfans chéris,
Il te plaça comme une citadelle:
Notre bonheur dépend de ton souris. »

« Des pélerins soulage la misère ;
Dieu par tes mains nous comble de bienfaits.
Mère d'un dieu, sois toujours notre mère,
Rends à nos cœurs le bonheur et la paix. »

« Guidés ici par de pieux oracles,
Nous admirons tes prodiges passés.
Ouvre ton cœur, ouvre tes tabernacles,
Entends nos vœux, ils seront exaucés ! »

« Bénis encor des voyageurs fidèles,
Rose d'amour, ton éclat est divin !
De la colombe, ah ! que n'ai-je les ailes !
J'irais bientôt reposer sur ton sein ! »

Cet hymne de l'amour, ces voix retentissantes,
Ces images des saints, d'or pur éblouissantes ;
Ce temple, ces parvis où tant de malheureux
Vinrent avec leurs pleurs déposer de saints vœux ;
Où Descarte, oubliant l'impure calomnie (1),
Soumettait à la foi sa gloire et son génie ;
Où des rois, héritiers de cent rois leurs aïeux,
Humblement confondus dans ces murs glorieux,
Humiliaient leurs fronts chargés du diadême ;
Tout éloignait du cœur le doute et le blasphème,
Tout semblait vers Marie appeler les Chrétiens ;
Ils soulageaient leurs maux, moi, j'exposais les miens.
Et la grâce du Ciel, à la voix de Marie,
Descendant tout-à-coup dans mon âme flétrie,
M'apprend que quoique ingrat, malheureux et pécheur,
On peut en l'implorant retrouver le bonheur.

Lorette, le 8 Juin.

NOTE.

(1) Où Descarte, oubliant l'impure calomnie.

René Descartes, né en Tourraine en 1596, le plus grand philosophe de son siècle, fut persécuté pendant sa vie. Obligé de chercher un refuge à cinq cents lieues de sa patrie, il mourut exilé. Dans un pélerinage que ce grand homme fit à Lorette, il déposa un *ex voto,* qui est l'un des plus beaux ornemens de l'église. Que de souvenirs, que de pensées affligeantes il fait naître! Peut-être Descartes demandait-il à Marie de lui ravir cette force de génie et de raison qui, en éclairant l'Univers, ne servait qu'à rendre malheureux le philosophe, et à lui arracher de ces larmes amères qui ne pouvaient que satisfaire l'envie? Et qu'on ne s'étonne pas de voir un philosophe chrétien s'honorer lui-même en honorant Marie! Bayle, le coryphée des sophistes, en a fait autant. Bayle lui-même a déposé ses hommages aux pieds de la Vierge, et par des respects qui, s'ils ne sont pas sincères, sont l'effet de la plus dégoûtante hypocrisie, a prouvé à ses héritiers que c'est dans les esprits les plus forts en apparence que se trouve le plus de faiblesse et de superstition.

ERRATA.

Page 5, vers 26, au lieu de *la* bouche, lisez : *sa* bouche.

—— 8, —— 11, au lieu de *les* bénit, lisez : *le* bénit.

—— 17, —— 15, au lieu de *ses* pieds, lisez : *ces* pieds.

—— 25, ligne 15, au lieu de *ensemencé*, lisez : *semé*.

—— 32, vers 5, au lieu de *entouré*, lisez : *environné*.

—— 39, —— 2, au lieu de *beau*, lisez : *doux*.

—— 41, —— 18, au lieu de *bonté*, lisez : *beauté*.